RY

MW00905985

CATASTROPHE!

TEMPÊTE DE VERGLAS

Frieda Wishinsky

Illustrations de
Don Kilby

Texte français de
Louise Binette

■SCHOLASTIC

Catalogage avant publication de Bibliothèque et Archives Canada

Wishinsky, Frieda
[Ice storm! Français]
Tempête de verglas / Frieda Wishinsky ; texte français de
Louise Binette.

(Catastrophe! ; 4)
Traduction de: Ice storm!
ISBN 978-1-4431-5932-6 (couverture souple)
.

I. Binette, Louise, traducteur II. Titre. III. Titre: Ice storm! Français

PS8595 I834 I2414 2017   jC813'.54   C2017-903341-7

Copyright © Frieda Wishinsky, 2017, pour le texte anglais.
Copyright © Scholastic Canada Ltd., 2017, pour les illustrations.
Copyright © Éditions Scholastic, 2017, pour le texte français.
Tous droits réservés.

Il est interdit de reproduire, d'enregistrer ou de diffuser, en tout ou en
partie, le présent ouvrage par quelque procédé que ce soit, électronique,
mécanique, photographique, sonore, magnétique ou autre, sans avoir
obtenu au préalable l'autorisation écrite de l'éditeur. Pour la photocopie
ou autre moyen de reprographie, on doit obtenir un permis auprès
d'Access Copyright, Canadian Copyright Licensing Agency,
56, rue Wellesley Ouest., bureau 320, Toronto (Ontario) M5S 2S3
(téléphone : 1-800-893-5777).

Édition publiée par les Éditions Scholastic, 604, rue King Ouest,
Toronto (Ontario) M5V 1E1

5 4 3 2 1   Imprimé au Canada 121   17 18 19 20 21

Références photographiques : page couverture : Boris Spremo/Canadian
Press Images; Page 102 : Erin Murray/Public Safety Canada.

JOHN DRYDEN ~ LIBRARY
40 ROLLING ACRES DR.
WHITBY ONTARIO
(905) 434-7400

À mon amie Karen Krossing

CHAPITRE UN

7 janvier 1998

Ethan regarde des deux côtés de la rue.

Il doit trouver de l'aide. Mais comment peut-il laisser Sylvie et Mme Greenbaum seules sur le trottoir par ce froid mordant?

Ethan éprouve soudain un vertige. Il s'arrête pour prendre une grande inspiration. Des gouttes de pluie verglaçante lui martèlent le visage et les yeux, et il a du mal à reprendre son souffle. Le grésil lui pique les joues comme des aiguilles.

Les maisons dans sa rue sont enveloppées d'une épaisse couche de givre blanc. On dirait qu'elles sont recouvertes de glaçage. Des glaçons longs comme des épées pendent des toits, des entrées, des balcons et des rebords de fenêtres.

Les arbres se courbent sous le poids de la glace. Certains se sont cassés en deux. D'énormes branches sont tombées sur des voitures, des poubelles et des boîtes aux lettres couvertes d'épais verglas. Les voitures encore intactes ont été abandonnées, devenues inutiles sous leur carapace de glace.

Les rues semblent appartenir à un monde où l'hiver n'a pas de fin, un monde où tous les gens ont disparu.

Ethan frissonne. Le froid transperce son manteau et son pantalon.

Le sol est une véritable patinoire. Chaque fois qu'il fait un pas, il a peur de tomber sur le dos.

Le vent siffle dans ses oreilles, et la pluie verglaçante tombe sans répit tandis qu'il traverse la rue vers l'immeuble où habite Rafi.

Il s'apprête à appuyer sur le bouton de l'interphone quand il se rend compte que la sonnette ne fonctionnera pas sans électricité.

Il frappe à grands coups dans la porte en espérant que quelqu'un l'entende à l'intérieur. Mais personne ne vient.

Il devra aller chercher de l'aide sur la rue principale!

Il est sur le point de traverser la rue quand un gros morceau de glace pointu tombe devant lui.

Ethan trébuche et tombe par terre.

CHAPITRE DEUX

6 janvier 1998

— Ne t'inquiète pas, papa, dit Ethan. Tout ira bien... Oui. Promis. À ce soir.

Ethan tend le téléphone à sa belle-mère.

— Ce n'est qu'une vilaine tempête, Jon, dit Sylvie. J'en ai vu d'autres... Oui... Je t'aime aussi.

Elle raccroche et se verse une autre tasse de thé.

— Il faut que je me dépêche, dit Ethan en mettant ses bottes. Mon enseignante n'aime pas qu'on arrive en retard.

— Il fait un temps affreux. N'oublie pas ta tuque et tes gants. Tiens, mets un chandail de plus, dit Sylvie en écartant les mèches blondes devant ses

4

yeux.

— Je n'ai pas besoin d'un chandail de plus, proteste Ethan. Ça ira comme ça.

— Mais il fait plus froid que d'habitude, et il y a toute cette glace. Sois prudent en te rendant à l'école. Je reste à la maison aujourd'hui pour terminer cette annonce publicitaire, mais de toute façon je ne serais pas sortie, sauf en cas d'absolue nécessité.

Sylvie est graphiste et travaille souvent à la maison.

— Moi, je *dois* aller à l'école aujourd'hui. C'est comme ça.

Ethan déteste qu'on lui dise constamment quoi porter et quoi faire. Il déteste que Sylvie lui rappelle tout le temps d'être prudent. Il n'est pas un gamin! Il a douze ans.

— Ne t'inquiète pas pour moi. Je sais comment marcher sur de la glace.

Ethan saisit son sac à dos gris foncé et se dirige

vers la porte de leur appartement du deuxième étage. C'est la seconde fois que son père part en voyage d'affaires depuis qu'il a épousé Sylvie, il y a un an. Ethan trouve étrange de se retrouver seul dans l'appartement avec sa belle-mère. Il la considère encore comme une amie en visite, et non comme un membre de la famille. Il s'efforce de rester poli, mais il doit toujours surveiller ses paroles. Son père serait contrarié si Ethan disait à Sylvie ce qu'il pense vraiment, à savoir qu'elle n'est pas sa mère et qu'il n'a pas besoin de ses conseils.

Pourquoi a-t-il fallu que papa se remarie? se demande Ethan. Ils s'en tiraient très bien tous les deux. Ils faisaient tout ensemble, jusqu'au jour où son père a rencontré Sylvie.

Dans quelques semaines, il y aura un nouveau bébé dans leur petit appartement qui ne compte que deux chambres. Ethan aura une demi-sœur. Deux étrangères vivront donc sous son toit, et l'une d'elles pleurera sans arrêt. Son meilleur ami,

Rafi, lui a raconté que son petit frère, Jose, pleurait tellement qu'il devait se mettre de la ouate dans les oreilles pour ne pas l'entendre.

Ethan soupire en dévalant l'escalier. Si seulement sa mère était là. Elle lui manque tous les jours, mais encore plus quand son père est en voyage.

Elle est morte un an après qu'ils ont quitté Toronto pour s'installer à Montréal. Et même si trois ans se sont écoulés depuis, Ethan l'imagine toujours l'attendant à la sortie de l'école à la fin de la journée. Il peut presque la voir le saluer avec son grand sourire et ses yeux pétillants. Tout le monde est d'avis qu'Ethan a hérité des yeux vert profond et du nez bosselé de sa mère.

Ses parents prévoyaient acheter une maison à Montréal, puis sa mère est tombée malade et tout a changé. Au printemps, Sylvie et son père commenceront à chercher une maison. Mais en attendant, ils sont tous coincés dans ce petit appartement situé dans un vieil immeuble.

Au moment où Ethan atteint le premier étage, la porte de l'appartement un s'ouvre. Une femme aux cheveux blancs apparaît, emmitouflée dans un manteau noir en fausse fourrure et coiffée d'un chapeau assorti. Elle tient une canne grise d'une main et verrouille la porte de l'autre.

— Bonjour, madame Greenbaum, dit Ethan en souriant.

La dame se retourne et lui sourit.

— Bonjour, Ethan! Tu t'en vas à l'école? Moi, je vais au dépanneur acheter du pain et du lait.

— Il fait un temps horrible. Nous avons du pain et du lait chez nous, si vous en voulez. Je pourrais aussi vous en rapporter en revenant de l'école. Vous n'avez pas à sortir.

Mme Greenbaum lui tapote le dos.

— C'est gentil de te faire du souci pour moi, mais ça me fait du bien de sortir, même quand il fait mauvais. Le chroniqueur météo a dit que les conditions vont se détériorer plus tard. Ma canne est munie d'un pic pour se planter dans la glace.

Mme Greenbaum lève sa canne pour la montrer à Ethan.

— Je l'ai achetée exprès pour les journées comme aujourd'hui.

— Elle est géniale, cette canne.

— En effet, mais j'aimerais mieux ne pas en avoir besoin. Enfin, que veux-tu y faire? Depuis mon opération au genou, j'ai davantage de difficulté à marcher. Dire que j'étais une excellente patineuse! Tu te souviens quand je t'ai emmené patiner peu de temps après ton arrivée à Montréal? Tu as appris très vite.

Ethan connaît Mme Greenbaum depuis qu'il a emménagé dans l'immeuble. Elle s'est occupée de lui lorsque sa mère était malade.

Ethan rit.

— Je suis tombé cent fois ce jour-là, mais vous me répétiez sans cesse de me relever et de continuer d'essayer.

— Et c'est ce que tu as fait. Aujourd'hui, tu patines comme un champion. Quant à moi, j'ai bien peur de ne plus jamais pouvoir rechausser mes patins.

Mme Greenbaum hausse les épaules et soupire. Puis elle se redresse et sourit de nouveau.

— Mais je peux encore marcher! J'arriverai bien à franchir un demi-pâté de maisons avec cette canne, même sur la glace!

Ethan lui sourit à son tour.

— Je n'en doute pas. Rien ne vous arrête, madame Greenbaum. Mais s'il vous plaît, soyez prudente.

— Crois-moi, je n'ai pas envie de me casser l'autre jambe. Une jambe cassée, c'est bien assez.

— À tout à l'heure. Je dois y aller si je ne veux pas être en retard à l'école.

— Ne cours pas, Ethan. Pas aujourd'hui!

Ethan laisse échapper un petit rire.

— On croirait entendre Sylvie. Ça ira, ne vous

en faites pas!

— Je sais, mais je n'y peux rien. Tu es comme mon petit-fils, et les grands-mères s'inquiètent toujours, c'est connu. Bonne journée.

Ethan la salue de la main et se dirige vers la porte d'entrée.

Dès qu'il pousse la porte, la pluie froide s'abat sur

son visage. Ethan frissonne et rentre la tête dans les épaules tandis que la pluie verglaçante tombe avec force sur son manteau et son capuchon.

Le ciel est d'un gris terne. Les rues et les trottoirs sont glacés. Poteaux, arbres, toits de maisons et d'édifices, boîtes aux lettres et poubelles : tout luit. La blancheur miroitante du décor est magnifique. Si seulement ce n'était pas aussi froid et glissant.

Soudain, une voiture dérape tout près d'Ethan. Pour l'éviter, il doit bondir par-dessus une branche d'arbre tombée. Son cœur bat fort lorsqu'il glisse sur un gros morceau de glace qui le fait presque chuter. Il se redresse en entendant un cri et se retourne brusquement.

Oh non!

C'est Mme Greenbaum! Elle est tombée sur le sol glacé.

CHAPITRE TROIS

Ethan s'empresse d'aller rejoindre Mme Greenbaum. Celle-ci a glissé près d'une boîte aux lettres glacée. Assise par terre, elle s'y est appuyée.

— Est-ce que ça va? demande Ethan.

— J'ai besoin... d'une minute pour reprendre mon souffle. J'ai glissé. Tu veux bien aller chercher ma canne? Là-bas.

Mme Greenbaum indique l'endroit dans la rue où sa canne a atterri.

Ethan la lui remet.

— Pouvez-vous vous lever?

— Je crois, oui.

Elle enfonce sa canne dans la glace et tente de se relever.

— Attendez. Laissez-moi vous aider, dit Ethan

en lui tendant la main.

— Merci.

Mme Greenbaum agrippe la main d'Ethan. De sa main libre, il la soutient par le bras tandis qu'elle se penche en avant et se relève.

— Heureusement que je porte des gants épais et un gros manteau. Ils m'ont protégée dans ma chute, dit-elle.

— Je peux vous raccompagner chez vous.

— Le dépanneur est à quelques pas d'ici. Je vais y arriver. Je ferai plus attention. Va! Je ne veux pas que tu sois en retard à l'école.

Mme Greenbaum s'appuie sur sa canne et fait un pas. Chancelante, elle serre sa canne plus fort. Ethan la regarde faire un deuxième pas, puis un troisième. Elle s'arrête et assure son équilibre sur une rangée de distributeurs de journaux, mais elle ne se retourne pas. Elle avance lentement, à petits pas.

— Tu peux y aller, Ethan. Je m'en tire très bien,

lance-t-elle.

— Je préfère attendre que vous soyez arrivée, répond Ethan.

Encore quelques pas, et Mme Greenbaum atteint le dépanneur. Elle se tourne vers Ethan.

— Tu vois? J'ai réussi. Allez, file!

Elle le chasse d'un geste de la main, et Ethan prend la direction de l'école.

Il regarde sa montre. *Il sera en retard*, mais son enseignante, Mme Lee, ne pourra pas lui en vouloir par un temps pareil!

Dès qu'il entre dans la classe, il constate que Mme Lee est en retard aussi. C'est le directeur adjoint qui est assis à son bureau. À peine la moitié des élèves est arrivée, mais Rafi, son meilleur ami, est là. Rafi habite en face de chez Ethan, et ils rentrent toujours de l'école ensemble. Ils sont amis depuis qu'Ethan a emménagé à Montréal.

Mme Lee arrive une heure après le début des cours. Les élèves sont tous en train de lire lorsqu'elle entre dans la classe. Le directeur adjoint leur a accordé du temps de lecture silencieuse, et Mme Lee leur laisse vingt minutes de plus pour continuer à lire. Puis ils entreprennent un collage sur le thème de l'hiver.

Ethan se tourne vers Rafi.

— C'est amusant, dit-il. Dommage qu'on ne puisse pas faire d'arts plastiques tous les jours.

Ethan colle des morceaux de papier de soie blanc sur un arbre géant qu'il a dessiné.

— J'aime bien ton collage, dit Rafi. Ton arbre ressemble à une créature aux tentacules blancs pointus.

Ethan rit.

— C'est vrai.

Ils font ensuite des maths et des sciences, et le reste de la journée passe à la vitesse de l'éclair. La sonnerie annonce la fin des cours.

Les garçons prennent leur sac à dos.

— Tu entends ça? demande Rafi lorsqu'ils

sortent de l'école.

Non loin d'eux, de la glace tombe des arbres et vole en éclats comme du verre.

— Je n'ai jamais entendu une chose pareille, ajoute-t-il.

— Regarde ces drôles de glaçons, dit Ethan en désignant le toit d'une maison tout près. Et cet arbre, on dirait la créature de mon collage avec ces longues branches cassées qui pendent.

Rafi plie les bras pour imiter l'arbre, le visage tordu par une grimace, et marche à pas lourds sur la glace.

— C'est comme ça que ta créature marche.

— Ou glisse! dit Ethan en mimant l'expression de Rafi et en s'élançant sur la glace.

À son tour, Rafi se laisse glisser derrière lui.

— Glisser sur la glace est la seule chose que j'aime à propos de l'hiver, dit-il. Je pense que je ne m'habituerai jamais au froid.

— Tu avais de la chance de vivre dans un pays chaud comme le Mexique. On a visité le Yucatan durant les vacances de Noël avant que ma mère tombe malade. On a même monté de vieilles marches étroites jusqu'en haut des ruines mayas. La vue était incroyable.

— Moi aussi, quand j'étais petit, je suis allé au Yucatan avec ma mère et mon père. Ma mère avait pris deux semaines de congé de son travail à l'hôpital. C'était bien mieux, avant que mes parents se séparent, ajoute Rafi en soupirant.

Il s'élance sur une autre plaque de verglas.

— *Wouuuuu!*

Ethan le suit en glissant, mais il heurte un passant qui avance à pas rapides sur le trottoir glacé. L'homme échappe le porte-documents qu'il tenait à la main en tentant de reprendre son équilibre.

— Désolé, dit Ethan.

— Regarde où tu vas si tu ne veux pas blesser quelqu'un, marmonne l'homme en ramassant son porte-documents.

Puis il s'éloigne rapidement dans la rue.

— Il n'avait pas l'air de bonne humeur, fait remarquer Rafi.

— Personne n'est de bonne humeur aujourd'hui.

— La seule personne qui aime ce temps, c'est Jose. Il veut que je construise un bonhomme de glace avec lui. Il voulait qu'on le fasse aujourd'hui, mais ma mère l'a gardé à la maison parce qu'il a un vilain rhume.

— Je parie qu'on restera tous à la maison demain, si le mauvais temps persiste.

Les garçons atteignent le coin de leur rue.

— À plus! dit Ethan en faisant un signe de la main à son ami.

Ethan franchit un petit monticule de glace et traverse la rue. Il y a encore moins de voitures qui circulent que ce matin, et les piétons se font rares sur les trottoirs glissants.

La pluie verglaçante recommence à tomber et lui pince le visage. Il resserre son capuchon. Il fait terriblement froid, et ça ne semble pas vouloir s'adoucir.

CHAPITRE QUATRE

L'air chaud qui accueille Ethan dans la petite entrée du triplex lui fait l'effet d'une couverture. Il défait la fermeture éclair de son manteau et enlève son capuchon trempé. Lorsqu'il se tourne vers l'escalier, Mme Greenbaum ouvre sa porte. Elle tient sa canne préférée, celle qu'elle utilise souvent pour se déplacer à l'intérieur. Celle-ci est décorée d'autocollants représentant des papillons.

Mme Greenbaum jette un coup d'œil sur la table où le courrier est habituellement déposé.

— Je me demande si le facteur a pu passer aujourd'hui. Comment c'est, dehors?

— Pire que ce matin. Vous n'avez pas eu de mal à revenir du dépanneur?

— J'étais bien contente d'avoir ma canne

d'hiver. Elle m'a permis de revenir saine et sauve.
J'espère que tu n'es pas arrivé en retard à l'école.

— J'étais en retard, mais mon enseignante
aussi, et un tas d'autres élèves. Est-ce qu'il y avait
des tempêtes comme ça en Russie, quand vous
étiez enfant?

— Je ne me souviens pas d'une tempête comme
celle-ci. Tout ce que je me rappelle, ce sont les
jours de neige où les arbres se drapaient de blanc

comme des mariées. Mes amis et moi adorions faire des bonshommes de neige ces journées-là. Quand je suis arrivée à Montréal, ça n'a pas été un grand choc pour moi d'affronter l'hiver. Mais aujourd'hui, il fait un temps affreux, surtout pour quelqu'un qui n'est pas solide sur ses jambes. Penses-tu que l'école sera ouverte demain?

— On nous a dit d'écouter la radio demain matin.

— Si tu n'as pas d'école, viens prendre le thé. J'ai fait des biscuits au sucre aujourd'hui, tes préférés.

— J'adore vos biscuits, dit Ethan. Et vos histoires me rappellent celles de ma grand-mère, sauf qu'elle a grandi dans une ferme en Ontario. Elle aussi a beaucoup d'anecdotes à raconter. Petite, elle devait nourrir les poulets l'hiver. Elle détestait aller dans le poulailler froid, et les poulets n'aimaient pas beaucoup ça non plus.

— Je n'ai pas grandi avec des poulets, mais

une fois, j'ai dû en plumer un que ma mère avait rapporté du marché. Ensuite, pendant des années, j'avais mal au cœur dès que ma mère faisait cuire un poulet, dit Mme Greenbaum. Dis-moi, j'espère que Sylvie n'est pas sortie par un temps pareil.

— Non, elle est restée à la maison aujourd'hui. À bientôt, madame Greenbaum.

Dès qu'Ethan ouvre la porte de l'appartement, il entend Sylvie s'écrier :

— Ethan! Je suis contente que tu sois de retour.

Sylvie est assise sur une chaise dans la salle à manger, les pieds posés sur une autre chaise. Sa planche à dessin trône sur la table en verre et en métal. Papiers, marqueurs, stylos et crayons sont éparpillés sur la table et sur le canapé en cuir noir.

Elle lève les yeux de sa planche à dessin.

— On dirait que la tempête se déchaîne dehors. Comment ça s'est passé à l'école?

— OK.

— J'espère que tu as été plus efficace que moi aujourd'hui. J'avais de la difficulté à me concentrer avec le bruit de la pluie verglaçante et du vent contre les fenêtres. C'était comment pour revenir?

— Froid et glacé.

Ethan laisse tomber son sac à dos sur le plancher de la cuisine et se verse un verre de lait.

— J'espère que tu as été prudent. Il ne faudrait pas que tu tombes sur la glace et que tu te casses un bras ou une jambe.

— Je sais comment marcher, dit Ethan.

Il s'efforce de prendre un ton neutre, mais il a horreur d'entendre Sylvie lui rappeler constamment de faire attention. Il n'a pas besoin qu'on lui répète sans cesse la même chose. Quand il s'est plaint à son père que Sylvie le traitait comme un petit garçon et lui donnait tout le temps des conseils, son père lui a simplement répondu qu'elle se faisait du souci pour lui.

Pourtant, sa mère aussi se souciait de lui, et elle ne l'a jamais embêté comme ça, même quand il était petit.

Ethan marche jusqu'à la fenêtre panoramique du salon. La moitié de la vitre est couverte de verglas. On dirait une toile d'araignée géante.

Ethan regarde dehors. Les toits et les murs des maisons, de même que les deux immeubles d'appartements de cinq étages dans leur rue, sont enveloppés d'une épaisse couche de verglas. Les cours avant ressemblent à de petits lacs gelés bordés d'arbustes blancs aux contours irréguliers. Certains arbres se courbent sous le poids de la glace, et quelques poteaux électriques penchent vers le sol. Les lignes électriques et les fils du câble descendent si bas qu'ils semblent collés à la surface glacée.

Tout le long de la rue, des voitures stationnées forment d'énormes masses de verglas. Il faudra des marteaux pour réussir à les libérer.

Un fracas soudain fait sursauter Ethan. Un énorme morceau de glace s'est détaché d'un toit et s'est brisé sur le sol. Par chance, personne ne se trouvait là. Ce serait franchement dangereux de recevoir une plaque de verglas sur la tête.

— Chaque fois que j'entendais une plaque de glace qui tombait, je songeais aux gens dans les rues, dit Sylvie. Je pensais alors à toi qui allait rentrer de l'école à pied et j'étais inquiète.

— Je te l'ai dit, Sylvie, tu n'as pas à te faire de souci pour moi, réplique Ethan.

Il a monté le ton. Il sait qu'il a presque crié, mais c'est plus fort que lui.

— J'ai presque 13 ans.

— Pas avant 10 mois. Mais tu as raison. C'est vrai que je m'inquiète beaucoup, surtout avec le bébé qui s'en vient.

— Tu n'as pas à t'inquiéter pour *moi*. Enfin... As-tu écouté la radio? Que dit le dernier bulletin météo?

— Le chroniqueur a expliqué que ce serait probablement pire demain.

La sonnerie du téléphone retentit.

— Je réponds, dit Sylvie.

Rien qu'à voir le regard brillant de Sylvie, Ethan devine que c'est son père. Mais son visage s'allonge aussitôt.

— Oh non, Jon! dit-elle. Tu crois que ton vol sera annulé ce soir? Et si tu prenais le train?... Je vois... Oui, ça ira... Un instant... Ethan, ton père veut te parler.

Sylvie lui tend le téléphone et va à la cuisine.

— Oui, papa. Promis... Je vais aider Sylvie, mais on s'en tire déjà très bien. Ce n'est qu'une tempête... Ne t'en fais pas. À bientôt.

Ethan raccroche et soupire. Il aurait voulu que son père rentre. Il est déçu de devoir rester seul avec Sylvie plus longtemps.

CHAPITRE CINQ

Ethan se laisse tomber sur le canapé à côté du matériel d'artiste de Sylvie. Il prend un magazine de sport sur le coffre en pin antique qui leur sert de table basse et commence à le lire. Au moment où il tourne une page, les lumières vacillent dans l'appartement. Elles clignotent à quelques reprises avant de s'éteindre complètement. Ethan essaie de poursuivre sa lecture, mais le soleil est sur le point de se coucher et la lumière est faible.

Il dépose son magazine et se dirige vers la fenêtre.

Il n'y a pas que leur appartement qui est privé d'électricité; toute la rue semble aussi être plongée dans le noir.

Sylvie pousse un soupir.

— J'espère que ça ne durera pas trop longtemps.

Je dois respecter un délai serré et je ne peux pas travailler sans lumière.

Sur la tablette du haut dans l'armoire de cuisine, elle prend une lampe de poche et une radio à manivelle munie d'une batterie.

Ethan va chercher quatre grosses bougies dans le placard de l'entrée. Sylvie aime bien les bougies, et ils en ont toute une collection de tailles et de couleurs différentes.

— Il fera froid dans la maison si l'électricité n'est pas rétablie bientôt, dit-il.

— Tu as raison.

Sylvie sort trois couvertures du coffre et les dépose sur un fauteuil.

— Crois-tu que toute la ville est privée d'électricité? demande Ethan.

— J'espère que non. Peut-être que c'est seulement notre quartier. Allumons la radio.

Ethan tourne la manivelle de la radio que son père a achetée exprès pour les pannes d'électricité.

Puis il tripote les boutons jusqu'à ce qu'il tombe sur une station locale.

De la pluie verglaçante tombe sans relâche sur la ville, dit le présentateur. *On signale des pannes d'électricité dans plusieurs secteurs de Montréal, dont certains sont plus durement touchés. Les vols et les trajets en train ou en autobus, en provenance ou au départ de la ville, sont tous annulés. La police invite les résidents à rester chez eux ou à trouver refuge chez des parents ou amis qui ont de l'électricité. Les conditions routières sont dangereuses et certaines routes sont impraticables. Tous les ponts sont fermés en raison des vents violents et de la chaussée glacée.*

Le présentateur énumère différents quartiers de la ville touchés par des pannes, dont le leur.

Hydro-Québec travaille pour rétablir l'électricité, mais la pluie verglaçante qui continue à tomber complique grandement la tâche de ses employés, poursuit le présentateur. *D'autres secteurs de Montréal pourraient être touchés par des pannes ce soir. Il est impossible de savoir quand l'électricité pourra être rétablie.*

— Oh non! dit Sylvie.

— Est-ce qu'on devrait mettre la nourriture dehors sur le balcon pour qu'elle se conserve? demande Ethan.

— Bonne idée. Il y a une glacière dans le placard.

Ethan va chercher la glacière dans le fond du placard. Ils la remplissent d'aliments qui se trouvent dans le réfrigérateur. Puis Ethan fait glisser la glacière jusqu'à la porte qui s'ouvre sur le balcon.

— La porte est gelée, annonce-t-il en tirant pour tenter de l'ouvrir.

Il la secoue légèrement jusqu'à ce qu'elle s'entrouvre. Il jette un coup d'œil dehors et une bouffée d'air froid le frappe en plein visage. Le balcon est juste assez grand pour une petite table, quatre chaises et quelques pots de fleurs. Tout est couvert de verglas. La rangée de grands érables sous le balcon qui avaient pris une couleur jaune vif à l'automne est maintenant d'un blanc scintillant. Des branches ont cédé sous le poids de la glace et jonchent le stationnement derrière l'immeuble.

Le plancher du balcon n'est plus qu'une plaque de glace. Ethan pousse la glacière du côté le plus près de la maison, puis il referme la porte.

— Merci, Ethan, dit Sylvie en appuyant sur le bouton pour allumer sa lampe de poche. Qu'est-ce qui ne va pas avec ce truc?

Elle agite la lampe.

— J'espère que ce ne sont pas les piles. Je ne pense pas qu'il nous en reste.

— J'ai une autre lampe de poche dans ma chambre, déclare Ethan.

— C'est vrai?

— Je m'en sers pour lire au lit le soir.

Sylvie rit.

— Je faisais la même chose quand j'avais ton âge. Ma mère ne rigolait pas quand elle disait d'éteindre la lumière.

— Ce sera difficile de faire mes devoirs sans électricité.

— Je suis certaine que ton enseignante ne s'attend pas à ce que vous fassiez vos devoirs ce soir.

— Autrefois, les gens lisaient et écrivaient à la lueur d'une bougie. J'ai appris ça en histoire.

— Je ne sais pas comment ils faisaient. Moi, ça me donne mal à la tête.

Ethan approuve d'un signe de tête. Sylvie a raison. Il doit plisser les yeux pour distinguer les mots quand il essaie de lire son magazine à la lueur d'une bougie. Ça lui fait mal aux yeux.

Il fait presque nuit.

— Peux-tu allumer les bougies dans la cuisine pendant que je vais voir ce qu'on a à manger? demande Sylvie.

— Bien sûr, répond Ethan en sortant une boîte d'allumettes d'un tiroir.

— Assure-toi de mettre une assiette sous les

bougies. Il ne faudrait pas qu'elles se renversent par accident. Ce n'est vraiment pas le moment de mettre le feu.

— *Je sais*, dit Ethan.

Il a pris un ton agacé, mais pourquoi faut-il toujours que Sylvie lui fasse la leçon?

Sylvie prend une boîte de craquelins dans

l'armoire, du beurre d'arachide et de la confiture. Elle tranche une pomme et une poire.

Ils s'assoient à la table de cuisine. La flamme des bougies tremblote et jette des ombres étranges sur les murs tandis qu'ils grignotent en écoutant les nouvelles à la radio.

Les météorologistes prévoient quelques journées difficiles à Montréal et dans d'autres régions du Québec, de l'Ontario et des États-Unis, dit le présentateur. *Les ponts étant désormais fermés, l'île de Montréal pourrait bien se retrouver complètement isolée pendant quelques jours.*

CHAPITRE SIX

— *Quelques jours?* Ton père ne pourra peut-être pas rentrer de sitôt, dit Sylvie.

Elle ferme les yeux et se mordille la lèvre. Ethan voit bien qu'elle retient ses larmes.

— Désolée d'être aussi émotive. Mais avec le bébé et tout…

— On s'en tirera très bien, dit Ethan, même si son estomac se serre à l'idée de passer plusieurs jours sans électricité avec Sylvie. Ils se trompent parfois dans leurs prévisions météo, ajoute-t-il.

N'oubliez pas de vous assurer que vos voisins âgés vont bien, continue le présentateur.

— Mme Greenbaum! s'exclame Ethan. Je vais descendre et aller voir si elle va bien.

— Bien sûr, mais ne reste pas longtemps, dit

Sylvie. S'il te plaît.

— Je ne serai pas loin. Et je reviens dans quelques minutes. Promis.

— Je sais. Seulement... ça me fait drôle d'être ici sans ton père, sans électricité, avec cette affreuse tempête qui fait rage.

Ethan saisit sa lampe de poche et ouvre la porte de l'appartement. Il fait noir dans le couloir. Le vent rugit à l'extérieur. La fenêtre tremble sur le palier sous la force de la pluie verglaçante.

Un craquement sonore fait sursauter Ethan. Il devine que d'autres morceaux de glace se sont détachés du toit, tombant sur des voitures et cassant des branches d'arbres. Il imagine les fils électriques et téléphoniques se rompant et pendant sur le sol glacé.

Ethan dirige le faisceau devant lui et descend lentement l'escalier. Il fait noir et tout est étrangement silencieux. Leur voisin, Joe, qui habite l'appartement du sous-sol, est parti pour un mois. Ils ne sont donc que trois dans l'immeuble.

Les pas d'Ethan résonnent sur les marches en bois abruptes tandis qu'il descend au premier étage.

Il cogne à la porte de Mme Greenbaum.

Pas de réponse.

Il frappe à nouveau, plus fort. Il entend un tapotement.

— Qui est là? demande Mme Greenbaum d'une voix hésitante et tremblante.

— C'est Ethan.

La porte s'ouvre. Mme Greenbaum apparaît, vêtue d'un long peignoir rouge par-dessus son pantalon et son chandail à col roulé noirs. Elle prend appui sur sa canne à papillons, une lampe de poche coincée sous le bras. Mimi, sa chatte au duveteux pelage noir et blanc, ronronne à côté d'elle.

— Ethan, je suis si contente de te voir. Entre, je t'en prie.

Ethan caresse Mimi et suit Mme Greenbaum dans l'appartement obscur. Au bout du couloir, il aperçoit des bougies allumées dans le salon. Une bougie bleue, courte et large, repose dans une assiette creuse en verre sur la table de la salle à manger en acajou. À côté se dressent les bougies du sabbat dans leurs chandeliers d'argent. Mme Greenbaum a l'habitude de les allumer seulement le vendredi soir. Les bougies ont fière allure dans leurs beaux chandeliers ornés, mais elles ne diffusent pas beaucoup de lumière et ne dureront pas très longtemps non plus.

— Avez-vous assez de nourriture? demande Ethan.

— J'en ai assez pour l'instant. Merci. C'est étrange d'être seule dans le noir, et j'ai bien peur que ma lampe de poche ne soit pas bien puissante.

— Vous n'êtes pas obligée de rester seule. Venez en haut avec nous.

— Je... Je ne veux pas vous déranger, Sylvie et

toi. Elle a déjà assez de soucis comme ça avec le bébé qui s'en vient. Et je sais qu'elle est allergique aux chats.

— Sylvie sera contente de vous voir. J'en suis sûr. Et Mimi peut bien rester seule pour une nuit. S'il vous plaît, madame Greenbaum, il faut que vous veniez. Je dormirai sur le canapé et vous pourrez prendre mon lit.

— Tu es un bon garçon, Ethan, et c'est vraiment gentil de m'inviter, mais…

— Je vous en prie, madame Greenbaum. Je vais m'inquiéter pour vous, et ça non plus ce n'est pas souhaitable.

Mme Greenbaum tapote l'épaule d'Ethan.

— Tu as de bons arguments. D'accord, je vais venir. Laisse-moi d'abord m'assurer que Mimi a de quoi boire et manger.

Pendant que Mme Greenbaum se prépare, Ethan s'assoit sur le canapé bleu et blanc à fleurs et observe les bougies du sabbat qui jettent une pâle lueur dans la salle à manger. Qui sait combien de bougies il lui reste? Il est soulagé qu'elle ait accepté de venir rester chez eux.

Il y a de cela quelques semaines seulement, il sirotait un thé miel et citron et mangeait des biscuits au sucre à cette même table. C'était un dimanche après-midi ensoleillé. Mme Greenbaum lui avait raconté son arrivée au Canada, et la fois où elle s'était perdue à Montréal durant l'hiver.

Qui aurait cru que, quelques semaines plus tard, ils seraient plongés dans le noir au cœur d'une violente tempête de verglas?

CHAPITRE SEPT

Mme Greenbaum remplit les bols de Mimi d'eau et de nourriture. La chatte se frotte contre sa jambe et ronronne. Elle lève les yeux et miaule comme si elle comprenait que Mme Greenbaum est sur le point de partir.

— Je reviens vite, Mimi. Je te le promets, dit Mme Greenbaum.

Elle rassemble quelques vêtements, les plie soigneusement et les glisse dans un grand sac. Elle enfouit son oreiller et le tricot d'une écharpe à moitié terminée dans un autre sac. Puis elle met son manteau et son chapeau noirs en fourrure.

— Je suis prête, annonce-t-elle en se penchant pour caresser la tête de Mimi. Sois gentille, Mimi.

La chatte miaule et se frotte de plus belle contre

sa jambe.

— Allons-y, dit Mme Greenbaum.

— Je vais porter vos sacs, dit Ethan.

— Merci. C'est difficile d'utiliser ma canne en portant des sacs.

Elle souffle les bougies et se dirige vers la porte.

— Attends! J'ai oublié quelque chose.

Mme Greenbaum retourne dans la cuisine et revient avec une boîte en métal ronde à motifs de fleurs.

— Les biscuits au sucre. Ils sont encore meilleurs pendant les tempêtes.

Ethan rit. Ils sortent de l'appartement et s'éclairent à l'aide de la lampe de poche. Il fait plus sombre et plus froid que jamais dans l'immeuble. Le vent souffle encore plus fort et la pluie verglaçante tambourine violemment sur les fenêtres.

Mme Greenbaum tient la rampe et grimpe lentement l'escalier menant à l'appartement d'Ethan. Une fois sur le palier, elle s'arrête pour reprendre son souffle, puis continue. De toute évidence, elle doit fournir un gros effort pour monter l'escalier abrupt, mais elle gravit chaque marche lentement, en prenant soin de s'appuyer sur sa canne.

— Donne-moi une minute pour récupérer, dit Mme Greenbaum.

Elle s'adosse au mur à l'extérieur de l'appartement d'Ethan et ferme les yeux. Puis elle les ouvre et déclare :

— Ça va, je suis prête.

Quelques instants plus tard, ils sont dans l'appartement.

— Madame Greenbaum, je suis heureuse de vous voir, dit Sylvie. Entrez et venez vous asseoir.

— Je ne voulais pas qu'elle reste seule chez elle, explique Ethan.

Mme Greenbaum hoche la tête.

— Ça n'a pas été facile de laisser Mimi, mais ce serait encore plus difficile de rester seule par une nuit pareille, sans électricité.

— Je suis contente qu'Ethan vous ait convaincue de monter, dit Sylvie.

— J'ai invité Mme Greenbaum à dormir ici cette nuit, précise Ethan. Je vais coucher sur le canapé et elle pourra prendre ma chambre.

— Bien sûr. C'est une excellente idée. Excusez-moi, il faut que je m'assoie, dit Sylvie.

— Tu es pâle, Sylvie, constate Mme Greenbaum en s'assoyant à côté d'elle sur le canapé. Comment te sens-tu?

— Je suis un peu étourdie. C'est sûrement le temps qu'il fait. L'humidité et le froid m'affectent aussi. Peut-être que j'ai travaillé trop longtemps sur cette annonce.

— Est-ce que tu as mangé aujourd'hui?

— Pas beaucoup. Je crois que je vais prendre un peu de soupe. J'ai trouvé une façon de la faire chauffer. Ce n'est pas parfait, mais ça marche.

Sylvie indique une casserole à fondue rouge qu'elle et Jon ont reçu en cadeau de mariage. Elle l'a déposé sur la table de la salle à manger et a allumé une bougie en dessous pour réchauffer de la soupe aux légumes maison.

— Elle devrait bientôt être assez chaude.

— Quelle brillante idée! dit Mme Greenbaum.

— Hé! On pourrait préparer de la fondue au

chocolat pour le dessert, suggère Ethan. On a des pommes, des poires et du chocolat.

— Je n'ai pas très envie de chocolat ce soir, dit Sylvie, mais c'est une bonne idée de dessert pour Mme Greenbaum et toi.

— De la soupe et de la fondue! Quel drôle de mélange! dit Mme Greenbaum en riant.

— Je peux faire des sandwichs pour accompagner la soupe. Du thon, ça vous dit? demande Sylvie.

Puis elle se lève, mais se rassoit aussitôt.

— Et si je les faisais moi, ces sandwichs? propose Mme Greenbaum. Ethan, viens m'aider. Tu devrais te reposer, Sylvie. Reste au chaud sous une couverture.

Sylvie acquiesce d'un signe de tête et s'appuie contre un grand coussin rouge et gris sur le canapé. Elle remonte une couverture sur ses jambes.

Ethan et Mme Greenbaum préparent les sandwichs au thon dans la cuisine. La petite pièce est éclairée par une rangée de bougies sur une tablette près du réfrigérateur.

Une fois les sandwichs prêts, Ethan les apporte sur un plateau dans la salle à manger. Il se met à table avec Mme Greenbaum tandis que les flammes des bougies vacillent autour d'eux.

Sylvie vient les rejoindre.

— Ces bougies sont si belles, fait remarquer Mme Greenbaum.

— Merci. Moi, j'ai toujours admiré vos chandeliers d'argent. Les avez-vous rapportés de Russie? demande Sylvie.

Mme Greenbaum fait oui de la tête.

— Ils ont survécu à la guerre, comme moi, dit-elle. Ma mère les avait dissimulés dans son gros manteau de fourrure quand nous avons échappé aux nazis. Nous avons traversé des forêts denses et nous sommes demeurés cachés dans la grange d'un fermier pendant presque un an. Nous avons eu de la chance de tomber sur ce bon fermier et sa famille. Durant tout ce temps, les chandeliers ne nous ont jamais quittés.

— Ils sont magnifiques.

— Je les polis chaque semaine. Je les fais briller comme un miroir, comme ma mère le faisait. Et chaque fois que j'allume une bougie, je me souviens de mes parents et de la bonté de ce fermier et de sa famille.

Sylvie essuie quelques larmes.

— Quel merveilleux souvenir!

— Les amis nous aident à traverser les épreuves, n'est-ce pas? dit Mme Greenbaum. Je suis heureuse d'être entre amis ce soir.

— Nous aussi, on est contents que vous soyez là, dit Ethan alors qu'ils finissent leur soupe et leurs sandwichs. Qui veut de la fondue au chocolat?

— Je crois que ce serait trop pour moi ce soir, répond Mme Greenbaum. Mais que diriez-vous de quelques biscuits au sucre?

Elle ouvre la boîte en métal.

— Ethan?

— Oui, s'il vous plaît.

Ethan croque dans un des biscuits en forme de cœur.

— Ils sont bons.

— Sylvie, tu veux un biscuit toi aussi? demande Mme Greenbaum.

— Je vais en prendre un. Vos biscuits sont délicieux.

— Et un pour moi aussi, ajoute Mme Greenbaum. Ensuite, je vais m'installer sur le canapé et tricoter.

Elle sort l'écharpe rose et rouge qu'elle est en train de confectionner.

— Comment pourrez-vous voir ce que vous faites? demande Ethan en mordant dans un deuxième biscuit.

— Je peux tricoter même dans le noir. Mes doigts savent le faire même si je ne vois pas.

— Madame Greenbaum, j'espère que vous allez m'excuser, mais je suis fatiguée. Je crois que je vais aller me coucher, dit Sylvie.

— Bien sûr. Va te reposer. J'espère que demain sera une meilleure journée pour nous tous.

CHAPITRE HUIT

Ethan frissonne et ouvre les yeux.

C'est peine perdue. Il n'arrive pas à dormir.

Il porte un pyjama, un gros chandail en coton molletonné, deux paires de chaussettes, des gants et une tuque, mais il a quand même froid. Il est couché sur une couverture qu'il a rentrée sous les coussins du canapé en cuir, et il a rajouté deux couvertures épaisses bien serrées sur lui. Pourtant, le froid le saisit malgré tout.

Les ronflements bruyants de Mme Greenbaum ainsi que les craquements et les grondements de la glace qui s'effondre l'empêchent de dormir. C'est la plus longue nuit dont il se souvienne.

Il prend la lampe de poche près du canapé et regarde sa montre.

Deux heures du matin!

Il s'allonge sur le côté et se couvre l'oreille avec un oreiller. Il espère atténuer le bruit, mais c'est raté.

Boum. Crac. Ron, ron.

Il se tourne et se retourne sur le canapé depuis qu'il s'est couché, à 22 heures. Il a beau resserrer les couvertures sur lui, rien n'y fait. Il est incapable de se réchauffer.

Il repousse les couvertures et en prend une qu'il drape sur ses épaules en marchant vers la fenêtre. La vitre est gelée comme un iceberg.

Il retourne vers son lit de fortune d'un pas chancelant, mais un craquement assourdissant, suivi d'un bruit d'explosion, le fait trébucher sur un tabouret. Il se redresse au moment où quelque chose vient se fracasser contre la fenêtre.

Qu'est-ce que c'était? Ethan imagine l'immeuble tout enseveli sous le verglas. Et si le toit cédait? Il a déjà entendu parler d'une maison dont le toit s'était effondré sous le poids de la neige et de la glace, et tous les occupants avaient été blessés. L'un d'eux était même mort.

Boum! Crac!

On dirait des feux d'artifice. Ethan attend pour voir si les bruits d'explosion et le fracas se répètent, mais ils ont cessé.

Il se laisse retomber sur le canapé en claquant des dents. Il ferme les yeux et essaie de penser à un pique-nique au parc par une belle journée ensoleillée, en train de jouer au ballon avec ses amis et de nager dans un lac à l'eau cristalline. Il adore ces activités, mais cette nuit il n'arrive pas à s'imaginer en train de les faire. Tout ce qui occupe ses pensées, c'est le vent qui rugit dans les fenêtres et la glace qui se détache brutalement du toit.

Il est si fatigué. Il bâille et remonte les couvertures plus haut sur ses épaules. Puis il enfonce sa tuque sur ses oreilles glacées.

❉   ❉   ❉

— Ethan. Ethan.

C'est Sylvie. Sa voix semble venir de loin. Il a dû finir par s'endormir.

Ethan ouvre les yeux. Un trait de lumière brille à travers les fenêtres encore glacées. Il a mal à la gorge. Il éternue. Une fois. Deux fois. Trois fois.

— Ethan, répète Sylvie. Il est huit heures. As-tu bien dormi?

— Pas très bien, non. J'étais congelé.

Ethan éternue de nouveau.

— Je pense que j'ai attrapé quelque chose.

— Je n'ai pas beaucoup dormi, moi non plus. Je tremblais de froid. Tu n'iras pas à l'école aujourd'hui, même si elle est ouverte. Ce n'est pas un temps pour sortir.

Ethan se redresse. Pourquoi Sylvie lui parle-t-elle toujours comme s'il avait trois ans? C'est vrai qu'il n'est pas très en forme. Il a mal partout et il est fatigué comme s'il traînait une tonne de briques, mais ce n'est pas une raison pour que Sylvie le traite en bébé.

Il est content que Mme Greenbaum soit là, car il n'aura pas à rester seul avec Sylvie.

Il se laisse retomber sur son oreiller.

— Je suis trop fatigué pour bouger. Même si l'école est ouverte, je parie qu'il y aura beaucoup d'absents.

Il frissonne et remonte ses couvertures d'un coup sec.

— Est-ce que Mme Greenbaum est levée?

— Je l'ai entendue marcher dans ta chambre. Elle est probablement en train de s'habiller. Je peux réchauffer du lait dans la casserole à fondue pour qu'on puisse boire une boisson chaude.

— Je n'aime pas le lait chaud, dit Ethan en se frottant les yeux.

— Et le lait chaud avec du sirop de chocolat? demande Sylvie.

Ethan hoche la tête.

— C'est mieux. Le lait est sur le balcon,

n'est-ce pas? dit Ethan

Sylvie fait signe que oui.

— Peux-tu aller le chercher pendant que je m'occupe du sirop? demande-t-elle.

— Bien sûr.

Ethan s'assoit et rejette les couvertures. Il se dirige vers le balcon et tire la poignée de la porte. Elle ne bouge pas. Il tire plus fort. Rien. Il essaie de plus belle jusqu'à ce que la porte finisse par s'entrouvrir. Il se penche et tente de soulever le couvercle de la glacière, mais elle est couverte d'une bonne couche de verglas.

— Je ne peux pas l'ouvrir. Elle est complètement gelée, dit Ethan.

— Tiens, prends ça, dit Sylvie en lui tendant un tournevis.

Ethan l'insère sous le couvercle de la glacière, mais celui-ci refuse de céder. La glace est dure comme de la brique. Ethan empoigne le tournevis à deux mains et commence à fendre la glace dans l'espace entre le couvercle et la glacière.

— Je l'ai!

Il force le couvercle et prend le lait, qui est gelé aussi. Il retourne vite à l'intérieur.

Mme Greenbaum ouvre la porte de la chambre d'Ethan. Elle porte son chapeau et son manteau par-dessus ses vêtements.

— Vous avez bien dormi? demande Ethan.

— J'ai bien peur que non. Ton lit est confortable, mais le froid était terrible, même avec toutes ces couvertures. J'ai fini par dormir avec mon manteau, mon chapeau et mes gants, mais j'avais encore froid. Comment c'est dehors, aujourd'hui?

— Il fait encore mauvais. Je vais allumer la radio pour écouter les nouvelles.

La majeure partie de la ville est sans électricité, et des pannes sont à prévoir dans les secteurs qui en ont encore, dit le présentateur. *La tempête ne faiblit pas. Les stations de pompage de la ville sont affectées par la tempête, et il y pourrait y avoir pénurie d'eau. Si vous*

avez encore de l'eau, remplissez vos baignoires. On a
ouvert des refuges...

Sylvie lève les yeux au ciel et soupire.

— Pas d'eau? Et puis quoi encore?

Elle s'appuie contre le gros fauteuil et se frotte le ventre.

CHAPITRE NEUF

— Comment te sens-tu, Sylvie? demande Mme Greenbaum.

— Ça va. Je me sens un peu mieux. Mais je n'ai pas beaucoup dormi. Ethan, tu veux bien remplir la baignoire? Et quelques pichets aussi. Il y a de l'eau embouteillée dans le frigo, mais mieux vaut ne prendre aucun risque.

— D'accord, dit Ethan.

Il se dépêche d'aller dans la salle de bains et ouvre le robinet de la baignoire. Il remplit d'eau un pichet et deux grands bols et les dépose sur le comptoir de cuisine.

— Que diriez-vous de sandwichs au beurre d'arachide et au miel pour déjeuner? demande Sylvie.

— Ce serait parfait pour moi, répond Mme Greenbaum.

— Ce sera la première fois que je déjeunerai avec des gants, fait remarquer Ethan.

Après le déjeuner, Sylvie se blottit dans le gros fauteuil et s'emmitoufle dans une couverture.

— Je vais appeler ton père, dit-elle à Ethan.

Elle prend le téléphone sur la console.

— Oh non!

— Qu'est-ce qu'il y a? demande Ethan.

— Il n'y a pas de tonalité. Les fils doivent être tombés, explique Sylvie.

Ses lèvres tremblent quand elle dépose le téléphone. Elle retient ses larmes.

— Désolée. C'est que…

Mme Greenbaum l'entoure de son bras.

— Je comprends. J'espérais que tout irait mieux aujourd'hui. Mais le temps va bientôt s'améliorer, j'en suis certaine. Cette tempête ne durera pas éternellement.

Sylvie tire la couverture encore plus près d'elle.

— Je suis si fatiguée. Je crois que je vais faire une petite sieste. La nuit a été pénible.

— Nous avons tous passé une mauvaise nuit, renchérit Mme Greenbaum. Je vais descendre chez moi voir Mimi. Elle fait des bêtises quand je pars trop longtemps.

— N'oubliez pas de remplir votre baignoire d'eau, lui rappelle Ethan.

— Je n'oublierai pas.

— Et revenez, s'il vous plaît. On préparera quelque chose pour le dîner et le souper, ajoute Sylvie.

Mme Greenbaum acquiesce.

— Bien sûr que je vais revenir. Je ne veux pas que vous restiez seuls non plus, surtout si tu ne te sens pas bien, Sylvie. Peut-être que l'électricité reviendra d'ici là. Je suis contente que vous ayez une radio.

— Je vous accompagne en bas, dit Ethan. Je peux tenir la lampe de poche.

— Merci.

— Ne reste pas trop longtemps, Ethan. Tu as un rhume et tu n'as pas bien dormi. Tu devrais peut-être faire une sieste, toi aussi, dit Sylvie.

— Je me sens beaucoup mieux maintenant. Ce n'est qu'un rhume. Je n'ai pas besoin de sieste, déclare Ethan en serrant les dents.

Il prend la lampe de poche et suit sans tarder Mme Greenbaum dans le couloir.

— Tu as l'air fâché contre Sylvie, constate Mme Greenbaum en laissant Ethan la précéder dans l'escalier.

— Elle me traite toujours comme un gamin. Elle me dit sans cesse quoi faire. Elle n'est pas ma mère.

— Elle se fait du souci pour toi. Elle n'a pas d'expérience en tant que mère et elle est fatiguée. Laisse-lui du temps.

— Je n'ai pas envie d'en parler, d'accord?

— D'accord. Je sais que tu régleras ça. Nous y voilà.

Mme Greenbaum déverrouille la porte.

— Je vous rejoins tout à l'heure.

— Promis?

— Promis. On pourrait jouer aux dames.

— Je n'ai pas joué depuis longtemps, mais c'est une bonne idée.

Ethan salue sa voisine de la main et retourne en haut.

Quand il entre dans l'appartement, il trouve Sylvie endormie dans son fauteuil.

Il s'assoit sur le canapé, entoure ses épaules d'une couverture et prend un magazine sur la table basse. Il commence à lire un article sur les Expos de Montréal, mais il a du mal à se concentrer sur les mots. Ethan ferme les yeux et s'imagine au Stade olympique par une journée chaude de printemps, mangeant un hotdog garni de moutarde et un grand cornet de frites bien chaudes. *Un hotdog et des frites, ce serait si bon.*

Si bon…

*   *   *

— Ethan. Ethan, réveille-toi. Il faut aller voir Mme Greenbaum.

Ethan ouvre grand les yeux. Il s'est endormi! Il frissonne en se levant du canapé. Il porte son manteau d'hiver, une tuque et des gants, mais il est quand même frigorifié. Il fait si froid que ses mains sont engourdies et ses orteils gelés malgré ses deux paires de chaussettes.

Il consulte sa montre. Il est 13 heures. Il a dormi durant plus de trois heures!

— As-tu dormi pendant tout ce temps, toi aussi? demande-t-il à Sylvie.

— Je me suis réveillée à midi. Tu avais l'air

si épuisé, je n'ai pas voulu te réveiller. Mais je m'inquiète pour Mme Greenbaum. J'aurais cru qu'elle serait revenue à l'heure qu'il est. Peux-tu descendre voir si elle va bien?

Sylvie agrippe soudain le bras du fauteuil.

— Qu'est-ce qu'il y a? demande Ethan.

— Ce n'est qu'un petit étourdissement. Ça passera quand j'aurai mangé. Ce n'est rien.

— Je reviens bientôt, dit Ethan.

Il met ses bottes, prend sa lampe de poche et se dirige vers la porte.

CHAPITRE DIX

Ethan cogne chez Mme Greenbaum.

Pas de réponse. Il frappe de nouveau, plusieurs fois.

Toujours rien.

— Madame Greenbaum, ouvrez, s'il vous plaît! lance-t-il, mais personne ne vient.

Son cœur bat plus fort. *Pourquoi est-ce qu'elle n'ouvre pas?*

— Madame Greenbaum, venez m'ouvrir! crie Ethan en frappant de plus en plus fort.

Miaou. Miaou. Miaou.

C'est Mimi. Il n'a jamais entendu la chatte miauler si longtemps et si fort.

Où est Mme Greenbaum?

Ethan secoue la poignée de porte. Aussitôt, la

porte s'ouvre brusquement! Mme Greenbaum a l'habitude de la verrouiller, mais elle ne l'a pas fait cette fois. La canne qu'elle utilise pour aller dehors est dans le porte-parapluie près de la porte d'entrée. Elle ne va nulle part sans elle! Elle doit donc être à l'intérieur! Mais où? Ethan se précipite dans l'appartement.

Il dirige sa lampe de poche de chaque côté du couloir. Mme Greenbaum n'est pas là. Il l'appelle à plusieurs reprises. Pas de réponse.

Qu'est-ce que c'est que cette odeur? Il renifle. *De la fumée! D'où vient-elle?*

Ethan braque sa lampe de poche devant lui et renifle de nouveau.

— Madame Greenbaum!

Il n'y a pas de fumée dans le couloir ni dans le salon. L'odeur vient plutôt... de la chambre à coucher!

Il court vers la porte et l'ouvre d'une poussée. Une épaisse fumée flotte dans la pièce. Ethan tousse et a un haut-le-cœur. Il a de la difficulté à respirer.

— Madame Greenbaum! Vous êtes là? Est-ce que ça va? bredouille-t-il en toussant.

Il n'obtient pas de réponse. Qu'est-ce qui brûle? Où est Mme Greenbaum? Son cœur bat si fort qu'il arrive à peine à penser. Il dirige le faisceau de sa lampe de poche dans tous les coins de la chambre, le long des murs et vers le plafond.

La fumée devient plus dense et plus âcre. Ethan ne pourra pas rester encore longtemps dans la pièce. Il ne peut plus respirer.

Il doit trouver sa voisine.

— Madame Greenbaum!

Il éclaire la chambre avec sa lampe de poche et promène son regard sur la pièce encore une fois.

Soudain, des flammes jaillissent du placard ouvert, et s'attaquent aux vêtements, sacs et boîtes.

— Au feu! hurle Ethan.

Un son étouffé lui parvient de l'autre bout de la pièce.

— Madame Greenbaum, où êtes-vous?

Il se retourne brusquement et braque sa lampe de poche dans la direction d'où est venue la voix.

Mme Greenbaum est étendue sur le plancher à côté de son lit. Elle tousse et gémit, et elle s'est tordu la jambe.

Ethan ne sait pas quoi faire. Le feu commence à se propager à l'extérieur du placard, et la fumée envahit la pièce. Il faut qu'ils sortent de là.

Ethan tousse tout en se précipitant vers Mme Greenbaum. Il se penche vers elle. Elle a les yeux fermés, mais elle respire.

— Madame Greenbaum, est-ce que ça va? demande-t-il en lui prenant la main. Pouvez-vous bouger? Parlez-moi.

Elle ouvre les yeux et tousse.

— Ethan.

Sa voix est faible et râpeuse.

— Pouvez-vous vous asseoir? Pouvez-vous bouger? répète Ethan qui commence à suffoquer.

— Ma jambe. Je ne peux pas… respirer.

Mme Greenbaum ferme les yeux. Elle tousse et s'étouffe.

Ethan doit la sortir de la maison, mais comment? Il ne peut pas la soulever. Sa jambe est tordue et elle ne peut pas bouger. Elle a besoin d'air, et lui aussi. Il commence à se sentir étourdi.

Miaou!

Mimi sort précipitamment de sous le bureau de

sa maîtresse, accrochant au passage un fauteuil démodé en bois sur roulettes. La chatte déguerpit tandis que le fauteuil roule vers Ethan et Mme Greenbaum.

Le fauteuil. Oui! Voilà!

Si Ethan réussit à asseoir Mme Greenbaum sur le fauteuil, il pourra la pousser hors de la chambre enfumée.

— Madame Greenbaum, je vais vous aider à vous asseoir sur le fauteuil, puis je vais vous sortir d'ici. D'accord?

La dame ouvre les yeux et tousse. Elle tousse tellement qu'elle en tremble. Des larmes coulent sur ses joues. Elle fait oui de la tête et tousse de plus belle. Elle indique sa gorge du doigt.

Elle a de plus en plus de mal à respirer!

— OK. Je vais glisser mes bras sous les vôtres. Essayez de m'aider à vous hisser sur le fauteuil.

Mme Greenbaum hoche la tête et pose ses mains sur le plancher, prête à se soulever.

— Un, deux, trois, allez! dit Ethan.

Mme Greenbaum laisse échapper une plainte. Ethan essaie de toutes ses forces, mais il ne parvient pas à la soulever assez haut pour atteindre le siège.

Il tousse. La fumée lui pique les yeux. Il a la tête qui tourne et a le cœur au bord des lèvres. Il a peur de s'évanouir s'il ne sort pas de là bientôt.

Qu'est-ce que je peux faire?

Le feu gagne du terrain, détruisant tout sur son passage.

CHAPITRE ONZE

— Madame Greenbaum, il faut réessayer, dit Ethan d'une voix rauque.

Il tousse tellement qu'il a mal à la poitrine. Il parle et respire difficilement. Il a mal au cœur. Il y a tellement de fumée qu'il distingue à peine ce qui se trouve devant lui.

Mme Greenbaum fait un signe affirmatif et appuie ses mains contre le sol tandis qu'Ethan la soulève encore une fois. Ils retombent tous les deux en arrière, toussant et haletant.

— On... ne peut pas abandonner. Il faut sortir d'ici, dit Ethan. Un, deux, trois, allez!

Ethan soulève Mme Greenbaum aussi haut qu'il le peut.

Cette fois, elle tombe assise sur le fauteuil.

— Allons-y!

Ethan pousse brusquement le fauteuil à l'extérieur de la pièce. Il le dirige vers le salon pendant que la chambre est engloutie par les flammes.

La fumée a également gagné le salon. Ethan pousse le fauteuil dans le couloir et hors de l'appartement. Il doit trouver un moyen de sortir dehors. Mais comment pourrait-il transporter Mme Greenbaum et son lourd fauteuil au bas des trois marches glacées menant à la rue?

Il doit essayer. C'est leur seule chance. Le feu progresse rapidement. Bientôt, c'est tout l'immeuble qui pourrait être en flammes, et alors...

Oh non! Sylvie! Il l'avait presque oubliée. Elle est toujours en haut.

— Au feu! hurle-t-il dans l'escalier. Sylvie! Au feu! Sors vite!

— Ethan! crie Sylvie d'une voix enrouée sur le palier à l'étage. Je descends. Tu n'as rien? Et Mme Greenbaum?

— Dépêche-toi de descendre! lance Ethan. Il faut sortir vite.

Sylvie descend d'un pas chancelant, tenant fermement la main courante et toussant.

— Il faut agir rapidement, déclare Ethan quand Sylvie les rejoint au premier étage. Mme Greenbaum ne peut pas marcher. Et moi, je ne peux pas la soulever avec le fauteuil pour descendre les marches de l'entrée. C'est trop lourd.

— Je vais t'aider. On va le faire ensemble.

Sylvie prend la main d'Ethan et la serre brièvement.

— Allez. On y va.

Ethan approuve d'un signe de tête et serre la main de Sylvie à son tour. Comment a-t-il pu oublier qu'elle aussi était dans l'immeuble?

— Merci, Sylvie, dit-il.

— Madame Greenbaum, commence Sylvie. Ethan et moi allons vous sortir d'ici. Est-ce que ça va?

— Pas tellement, marmonne la dame en fermant les yeux et en grimaçant.

Elle tousse et a un haut-le-cœur.

— Peux pas respirer. Mal.

Ethan court ouvrir la porte d'entrée. Aussitôt, Mimi passe comme un éclair et s'élance dehors dans le froid.

Ce n'est pas le moment de se lancer à sa poursuite. Ethan dirige le fauteuil vers la porte. Un courant d'air glacial s'engouffre dans l'immeuble rempli de fumée. Ethan place le fauteuil en haut de la première marche. Sylvie le suit de près.

Ethan glisse ses mains sous un côté du fauteuil, et Sylvie glisse les siennes de l'autre.

— On y va, madame Greenbaum. Tenez-vous bien. Un, deux, trois, on soulève! dit Ethan.

Il contracte tous les muscles de ses bras, de ses jambes et de ses épaules pour soulever Mme Greenbaum et son fauteuil massif. Quant à Sylvie, l'effort lui fait serrer les mâchoires. Le fauteuil penche dangereusement vers l'arrière. Mme Greenbaum semble sur le point de basculer sur le sol dur et glacé. D'un geste vif, ils redressent le fauteuil.

— Arrête. Reposons-nous ici, dit Sylvie en gémissant lorsqu'ils posent le fauteuil sur la deuxième marche, plus large. Je suis à bout de souffle.

— Bien sûr, dit Ethan.

Lui aussi a de la difficulté à respirer. Il a mal à la poitrine et ne peut s'empêcher de tousser. Le vent lui envoie du grésil dans les yeux. Il frissonne alors que, avec l'aide de Sylvie, il maintient le fauteuil en place sur la deuxième marche.

— C'est dur, dit Sylvie.

— Je sais, répond Ethan.

Il a mal partout. Il se tourne vers l'immeuble. Les flammes éclairent le salon de Mme Greenbaum. Il peut les voir même à travers la fenêtre glacée. Il peut même sentir la fumée dans l'air glacial.

— Merci, murmure Mme Greenbaum en ouvrant les yeux et en regardant Ethan et Sylvie. Mimi?

— Elle est dehors, mais je ne sais pas où, répond Ethan. Ne vous en faites pas. Elle s'en tirera très bien. Elle est futée, cette chatte. Sylvie, encore une marche avant le trottoir.

— D'accord. Je suis prête, dit Sylvie en replaçant ses mains sous le fauteuil.

— Un, deux, trois. On y va! dit Ethan.

Ils soulèvent Mme Greenbaum de toutes leurs forces, la déposent sur la dernière marche puis, rapidement, sur le trottoir glacé.

Mais quand ils retirent leurs mains de sous le fauteuil, celui-ci se met à rouler sur la glace. Ethan bondit. Il agrippe les accoudoirs du fauteuil pour l'empêcher de bouger.

— Ouf! Il s'en est fallu de peu! dit Ethan en saisissant le fauteuil pour le stabiliser.

Son cœur bat la chamade.

— Est-ce que ça va, madame Greenbaum?

Celle-ci répond par une plainte.

— Ethan! s'écrie Sylvie.

Il jette un regard à sa belle-mère, qui grimace de douleur.

— Ethan, gémit-elle. Je… je…

— Qu'est-ce qu'il y a? demande Ethan en lui touchant le bras.

— J'ai très mal. Le bébé. J'ai besoin d'aide. Tout de suite.

CHAPITRE DOUZE

Qu'est-ce que je vais faire?

Sylvie et son bébé ne vont vraiment pas bien. Mme Greenbaum est blessée et sa respiration est de plus en plus pénible. Ethan regarde des deux côtés de la rue. Il n'y a personne dehors. Rien ne bouge. Ils sont seuls.

Il va devoir aller chercher de l'aide. Mais comment pourrait-il laisser Sylvie et Mme Greenbaum seules sur le trottoir par ce froid mordant, avec un feu qui fait rage derrière elles? Et si le feu se propageait rapidement et...

— Le bébé, geint Sylvie.

Il n'a pas le choix. Il doit aller chercher quelqu'un *tout de suite.* Mais qui pourrait bien leur venir en aide?

La mère de Rafi! Elle est infirmière. Elle pourrait rester avec Sylvie et Mme Greenbaum pendant qu'il va chercher du secours sur la rue principale.

— Je vais chercher la mère de Rafi pour t'aider, Sylvie. Je reviens tout de suite.

— Dépêche-toi, s'il te plaît.

Sylvie se mordille la lèvre et se cramponne au dossier du fauteuil de Mme Greenbaum.

Ethan s'élance dans la rue, mais il éprouve soudain un vertige. Il s'arrête pour prendre une grande inspiration. Des gouttes de pluie verglaçante lui martèlent le visage et les yeux. Le grésil lui pique les joues comme des aiguilles. Il a du mal à respirer et à se tenir debout sur le sol glacé.

Les maisons dans sa rue sont enveloppées d'une épaisse couche de glace blanche. On dirait qu'elles sont recouvertes de glaçage. Des glaçons longs comme des épées pendent des toits, des entrées, des balcons et des rebords de fenêtres.

Les arbres se courbent sous le poids de la glace. Certains se sont cassés en deux. D'énormes branches sont tombées sur des voitures, des poubelles et des boîtes aux lettres couvertes d'épais verglas. Les voitures encore intactes ont été abandonnées, devenues inutiles sous leur carapace de glace.

Les lignes électriques et les câbles sont figés au sol dans la glace. Un panier d'épicerie se dresse dans la rue comme une statue enchâssée dans la glace.

Les rues semblent appartenir à un monde où l'hiver n'a pas de fin, un monde où tous les gens ont disparu.

Ethan frissonne. Le froid transperce son manteau et son pantalon. Il regarde tout autour, mais il arrive difficilement à distinguer quoi que ce soit devant ou derrière lui. Il resserre le capuchon de son manteau afin de mieux voir malgré la pluie.

Le sol est une véritable patinoire. Chaque fois qu'il fait un pas, il a peur de tomber sur le dos. Ses bottes ont beau être antidérapantes, il ne peut s'empêcher de glisser.

Il enjambe des branches d'arbres cassées. Il rampe sur des monticules de glace. Il fait des bonds de côté quand des morceaux de glace lui frôlent la tête.

Il ne sent presque plus ses doigts. Ils sont tout engourdis bien qu'il porte des gants épais. La peau de son visage lui fait mal à cause du froid mordant, même s'il a la tuque enfoncée jusqu'aux yeux.

Le vent siffle dans ses oreilles, et la pluie verglaçante tombe sans répit tandis qu'il traverse la rue vers l'immeuble où habite Rafi. Il contourne des voitures glacées jusqu'à ce qu'il trouve un étroit passage au niveau du sol où il peut marcher. Sa progression est lente et difficile, mais il finit par atteindre l'immeuble.

Juste avant d'appuyer sur le bouton de l'interphone, il réalise qu'il ne pourra pas sonner et parler à Rafi! La sonnette ne fonctionnera pas sans électricité.

Il s'adosse au mur de brique couvert de verglas.

Pourquoi n'y ai-je pas pensé plus tôt? Qu'est-ce que je fais maintenant?

Il frappe à grands coups dans la porte dans l'espoir qu'on l'entende à l'intérieur. Mais personne ne vient. Il se colle contre la porte pour guetter un bruit de pas, mais le seul son qu'il entend est celui de la pluie verglaçante qui tombe.

Il devra aller chercher de l'aide sur la rue

principale! C'est à deux pâtés de maisons de là.

Si seulement il n'était pas si fatigué et si courbaturé. Tous les muscles de son corps lui font mal comme s'il avait couru des kilomètres.

Ethan se force à bouger. Il franchit de nouveau les monticules de glace devant chez Rafi. Il est sur le point de traverser la rue quand un gros morceau de glace tombe devant lui.

Ethan trébuche et tombe par terre.

CHAPITRE TREIZE

Le dos, la jambe et les bras d'Ethan heurtent la glace dentelée. Il se tord aussi la cheville dans sa chute. La douleur est vive et lancinante. Il ne peut plus bouger. Il ne peut plus penser. Il a mal à la tête. Étendu sur le sol gelé et inégal, le grésil tombe sur son visage.

Chaque respiration lui fait mal à la poitrine. Chaque déglutition lui fait mal à la gorge. Il tente de s'appuyer sur ses bras pour se relever, mais la douleur dans sa cheville est si intense qu'il peut à peine bouger.

Il se laisse retomber par terre. Il remue sa jambe droite puis, lentement, sa jambe gauche. Sa cheville fait mal dès qu'il la bouge.

Debout. Sylvie et Mme Greenbaum ont besoin de toi.

Il inspire profondément, replace son capuchon et essaie à nouveau de bouger. Cette fois, c'est une douleur aiguë sur le côté qui l'arrête.

Il s'écroule sur la glace encore une fois.

Que faire maintenant?

Il promène son regard autour de lui. Il n'y a personne en vue. On dirait une ville fantôme.

Ethan ferme les yeux. Le moindre mouvement est douloureux, mais il ne peut pas rester là sur le sol gelé. Il grelotte tandis que le grésil tombe de plus belle sur son visage, sur son dos, partout.

Puis il songe à Sylvie et à Mme Greenbaum qui attendent les secours. Il rassemble ses forces et se relève. Il serre les lèvres et fait un pas. La douleur le foudroie. Il s'arrête pour prendre une autre respiration, et avance d'un autre pas.

Vas-y. Vas-y. Respire. Avance.

— Un, deux… Aïe!

Il grimace de douleur.

Ne t'arrête pas. Continue.

— Trois, quatre, compte-t-il à voix haute. Cinq, six.

N'arrête pas de compter. Avance.

— Sept, huit.

Le temps qu'il met à franchir un pâté de maisons lui paraît une éternité.

Il claque des dents tout en marchant lentement dans la rue malgré la douleur. Tout ce qu'il entend, c'est le bruit de ses dents qui s'entrechoquent et celui de la glace qui se brise autour de lui.

— Neuf, dix, onze, dit-il d'une voix monotone.

Chaque pas lui demande toute sa concentration, et lui donne l'impression qu'on enfonce un couteau toujours plus profondément dans sa poitrine.

Son corps veut faire une pause, mais Ethan sait que s'il s'arrête maintenant, il n'aura jamais l'énergie pour se relever. Il finit par atteindre l'artère principale et regarde de chaque côté de la rue. Il n'y a aucune voiture en vue; personne sur les trottoirs non plus. Ethan s'appuie contre une voiture verglacée, ferme les yeux et essaie de réfléchir. Que peut-il faire? Où peut-il aller?

C'est alors qu'il entend une voix :

— Hé, jeune homme! Est-ce que ça va?

Ethan ouvre les yeux. C'est un policier dans une voiture de police! Son partenaire est derrière le volant.

— J'ai besoin d'aide! répond Ethan. Il y a un feu. Ma voisine est blessée. Et ma belle-mère va avoir un bébé!

— Calme-toi. Monte dans la voiture et dis-nous ce qui s'est passé et où tu habites. Je suis le sergent Grant. Et voici l'agent Léon.

Ethan avance en boitant vers la voiture de police et ouvre la portière. Il se glisse sur la banquette arrière. Une bouffée d'air chaud l'enveloppe aussitôt.

— Est-ce que ça va? Es-tu blessé?

Ethan tousse.

— Je suis tombé sur la glace. J'ai mal à la cheville.

S'il vous plaît, dépêchez-vous.

Tandis qu'il boucle sa ceinture de sécurité, Ethan résume rapidement la situation aux policiers : le feu, Mme Greenbaum, Sylvie, et l'endroit où il les a laissées.

— Je vais demander l'aide des pompiers et des ambulanciers par radio. Pendant ce temps, rendons-nous chez toi et voyons ce que nous pouvons faire.

La voiture de police avance en cahotant sur la chaussée glacée et creusée d'ornières. Épuisé, Ethan appuie sa tête contre le dossier. Il espère qu'il n'a pas mis trop de temps à trouver de l'aide.

— La réception n'est pas bonne, dit le sergent Grant après avoir essayé trois fois d'envoyer son message. Il y a beaucoup de friture, et c'est à peine si je perçois une voix à l'autre bout de la ligne. Je croise les doigts pour qu'on m'ait entendu.

Au même instant, la voiture de police tourne brusquement vers la gauche dans une rue transversale.

— Désolés de te chahuter comme ça, mais on n'y peut rien, dit le sergent Grant.

Tout à coup, la voiture se met à déraper sur la glace. Ethan est projeté vers l'avant. Le véhicule tourne plusieurs fois sur lui-même. On dirait un manège qui ne veut pas s'arrêter. Soudain, la voiture percute un monticule de glace avec un bruit sourd.

CHAPITRE QUATORZE

L'agent Léon s'adosse contre son siège en serrant le volant.

— C'était sportif comme balade. Désolé, dit-il. Cramponnez-vous à vos sièges. Ce ne sera peut-être pas facile de dégager la voiture de cet iceberg.

L'agent Léon emballe le moteur. Les pneus patinent quand il tente de reculer, mais la voiture refuse de bouger sur la glace. Il essaie à plusieurs reprises, mais sans succès.

— Préparez-vous. Je vais balancer la voiture d'avant en arrière.

Ethan agrippe fermement son siège tandis que le policier fait marche arrière. La voiture est ensuite secouée vers l'avant, puis vers l'arrière.

Quand sortiront-ils de cet amas de glace? Il doit bien s'être écoulé plus de trente minutes depuis qu'il a quitté Sylvie et Mme Greenbaum. Qu'est-ce qui se passera si les secours n'ont pas reçu le message, ou si l'ambulance ne peut pas accéder à leur rue? Celle-ci est encombrée de glace, de voitures abandonnées et de branches cassées.

— Allons-y encore une fois!

L'agent Léon agrippe le volant et fait osciller la voiture d'avant en arrière jusqu'à ce qu'elle finisse par avancer un peu.

— On y va! lance-t-il.

Il appuie brusquement sur l'accélérateur.

Les pneus crissent, mais la voiture se dégage du monticule et regagne la rue en bringuebalant.

Le véhicule de police avance en grondant sur la glace. Il tourne à droite, fait une embardée à gauche et continue son chemin dans une autre rue transversale. Il frappe un nouvel amas de glace. Ethan retient son souffle tandis que l'agent Léon refait la manœuvre du balancement. Cette fois, la voiture se libère de la glace avec plus de facilité.

Ils ne sont qu'à un pâté de maisons de chez lui.

Le cœur d'Ethan bat si fort qu'il a peine à respirer alors que la voiture zigzague pour éviter les branches tombées et les fils coincés dans le sol glacé. Enfin, la voiture tourne dans sa rue. Ils sont à mi-chemin de chez lui quand la sirène du camion d'incendie retentit. Ethan regarde par la lunette arrière. Le camion est juste derrière eux.

Ethan distingue maintenant leur immeuble! Le feu fait toujours rage. Il s'est répandu, mais il n'y a plus personne sur le trottoir devant l'entrée. Où sont Mme Greenbaum et Sylvie? L'ambulance est-elle venue les chercher?

La voiture de police dérape puis s'immobilise. Le camion d'incendie s'arrête derrière eux, et les pompiers sautent du véhicule. Ils se précipitent pour vérifier l'état de l'immeuble.

— Attends dans la voiture, Ethan, ordonne le sergent Grant. Ce serait dangereux de t'approcher davantage. Nous, on va aux nouvelles.

Le sergent Grant et l'agent Léon descendent de la voiture. Ils commencent aussitôt à discuter avec les pompiers.

Ethan a l'estomac noué. Il attend impatiemment. Quelques minutes plus tard, le sergent Grant est de retour.

— Le premier étage est en piteux état, mais les pompiers espèrent empêcher le feu de se propager aux autres immeubles. Ils ne savent pas encore dans quel état est le reste du bâtiment. En attendant, nous t'amenons à l'hôpital. Les pompiers ne savent rien au sujet de ta belle-mère et de ta voisine. Eux aussi ont eu des problèmes avec leurs radios et leurs téléphones aujourd'hui.

Les policiers remontent dans le véhicule et démarrent en trombe. La voiture avance en cahotant dans les rues désertes et glacées de la ville. Ils font un détour pour éviter les rues bloquées par la glace, les voitures, les arbres et les fils tombés. Le trajet jusqu'à l'hôpital paraît interminable.

— Voilà l'hôpital, annonce enfin l'agent Léon.

Le vaste édifice est couvert d'une épaisse

couche de verglas. Une grande enseigne clignote devant, mais la lumière paraît faible, comme si elle allait s'éteindre d'un instant à l'autre.

Les pneus crissent lorsque la voiture s'arrête devant l'hôpital. Les policiers descendent rapidement et l'un deux ouvre la portière du côté d'Ethan. Ce dernier fait un pas et pousse un cri de douleur.

— Elle est amochée, cette cheville, n'est-ce pas? demande l'agent Léon.

— Ouais, répond Ethan en serrant les dents.

— Et si on allait te chercher un fauteuil roulant?

— Non, merci. Je vais y arriver, déclare Ethan.

Le sergent Grant et l'agent Léon échangent un regard, puis hochent la tête.

— D'accord. Prends appui sur moi, et je vais t'aider à sauter à cloche-pied, propose l'agent Léon.

— Je vais entrer et me renseigner au sujet de ta belle-mère et de ta voisine, dit le sergent Grant. Si elles ne sont pas dans cet hôpital, on les cherchera.

CHAPITRE QUINZE

Le sergent Grant disparaît à l'intérieur pendant que l'agent Léon entoure de son bras les épaules d'Ethan. Celui-ci passe un bras autour de la taille du policier.

— On y va! lance l'agent en avançant d'un pas.

Ethan sautille à côté de lui. C'est difficile et fatigant de garder l'équilibre sur le trottoir glacé devant l'hôpital, mais le bras de l'agent Léon le soutient.

Ils sont enfin à l'intérieur. L'agent Léon aide Ethan à s'asseoir sur une banquette.

— Je vais te chercher un fauteuil roulant, dit-il.

Ethan enlève sa tuque et ses gants trempés. Il ouvre la fermeture éclair de son manteau et regarde autour de lui.

Des familles sont installées sur des banquettes. Un petit garçon pleure et s'accroche à sa mère. Deux fillettes traversent le couloir en courant et évitent de justesse l'agent Léon, qui pousse un fauteuil roulant en direction d'Ethan.

— Viens. Nous allons t'inscrire. Ils sont très occupés, alors tu devras sans doute attendre.

L'agent Léon aide Ethan à s'asseoir dans le fauteuil et le pousse jusqu'à la salle des urgences. L'endroit fourmille de gens qui attendent d'être vus. Après avoir fourni tous les renseignements au réceptionniste, Ethan n'a plus qu'à patienter.

— Dès que le sergent Grant sera revenu, il faudra qu'on reprenne notre patrouille, explique l'agent Léon. J'ai parlé à une infirmière, et elle a promis de s'occuper de toi jusqu'à ce que tu aies retrouvé ta belle-mère et ta voisine. Je reviendrai te voir dès que j'aurai terminé mon quart de travail. C'est sur mon chemin.

— Merci pour tout, dit Ethan.

— Ethan?

— Rafi! Qu'est-ce que tu fais ici? demande Ethan qui n'en revient pas.

— Le rhume de Jose a empiré. Il avait une forte fièvre. On est ici depuis environ deux heures. Jose est avec le médecin. Qu'est-ce qui t'est arrivé?

Ethan le lui explique, puis présente Rafi à l'agent Léon.

— Je suis content qu'Ethan ne reste pas seul après notre départ, dit le policier. Voici justement le sergent Grant.

Ce dernier marche vers eux d'un pas rapide.

— J'ai des nouvelles, dit-il à Ethan. L'ambulance a amené ta belle-mère et Mme Greenbaum il y a environ trente minutes. Les secours sont arrivés juste à temps. Ta belle-mère est en train d'accoucher. Le fait que tu aies réussi à trouver de l'aide aussi rapidement a fait toute la différence.

— Est-ce que Sylvie et Mme Greenbaum… vont bien? s'informe Ethan. Et le bébé?

— L'infirmière a promis de te tenir au courant dès qu'elle en saura davantage.

— Où est Mme Greenbaum? Est-ce que je peux la voir?

— Elle est encore ici dans la salle des urgences en attendant d'avoir un lit. Je vais voir s'il est possible de t'y amener.

Le sergent Grant s'adresse à une infirmière, et bientôt on pousse le fauteuil d'Ethan jusque dans une petite salle.

— Ethan!

Mme Greenbaum est allongée sur une civière, la jambe immobilisée par une attelle. Sa voix est toujours rauque.

— Je suis si heureuse de te voir. Si tu n'avais pas été là…

Ethan approche son fauteuil et prend la main de sa voisine.

— Vous avez mal?

— Ils m'ont donné des calmants. Ça aide. Tu es au courant pour Sylvie et le bébé?

— Oui. J'attends des nouvelles. Il faut que j'appelle papa.

— Tout ça est de ma faute. Si seulement j'avais changé les piles de mon détecteur de fumée. Si seulement je n'étais pas allée chercher une autre lampe de poche dans le placard, il n'y aurait pas eu de feu.

— Qu'est-ce qui s'est passé?

— La pile de ma lampe de poche était à plat, alors j'ai utilisé une bougie pour aller chercher une autre lampe de poche. Il faisait noir et je n'ai pas vu Mimi. J'ai trébuché et échappé la bougie. Heureusement que tu es arrivé au bon moment.

— Est-ce que votre jambe est cassée?

— Oui. On va bientôt m'opérer, mais il paraît que je pourrai marcher de nouveau après ma réadaptation.

— Vous serez vite sur pied. Rien ne vous arrête, madame Greenbaum.

La dame caresse les cheveux d'Ethan.

— Pourquoi es-tu en fauteuil roulant?

— Je me suis blessé à la cheville en tombant sur la glace, et je me suis peut-être fêlé une côte. Ils vont vérifier tout ça.

— Aïe! On s'exercera ensemble à marcher avec des béquilles.

Ethan sourit.

— On pourra s'entraider. Je ferais mieux d'appeler mon père maintenant pour lui raconter ce qui est arrivé. J'aimerais tant qu'il soit là.

CHAPITRE SEIZE

Le 9 janvier 1998

Le père d'Ethan a enfin pu prendre l'avion. Il sera là d'un moment à l'autre! Ethan surveille la porte d'entrée de l'hôpital.

Le voilà!

Le père d'Ethan court vers le comptoir de la réception où son fils l'attend.

— Ethan! lance-t-il en le serrant dans ses bras.

— Papa! Je suis tellement content que tu sois là.

— J'aurais voulu être là beaucoup plus tôt. Comment va ta cheville?

— Beaucoup mieux. J'ai eu de la chance qu'elle soit seulement foulée.

— Et tout se passe bien depuis que la famille de Rafi t'a accueilli?

— Oui, sa tante a une génératrice chez elle, alors on est bien au chaud.

— Montons voir Sylvie. Je veux faire la connaissance de ta sœur!

Quelques minutes plus tard, ils sont à l'étage de la maternité.

Sylvie est assise dans son lit, le dos calé dans des oreillers, lorsqu'ils entrent dans la chambre.

— Jon! s'exclame-t-elle.

Le père d'Ethan se précipite vers elle et l'enlace. Ethan le suit. Sylvie lui tend la main. Il la prend et sourit.

— Ethan a été tellement formidable pendant tout ce temps, dit Sylvie. S'il n'avait pas été là…

Ses yeux s'emplissent de larmes.

—Je sais. Je suis fier de lui. Et le bébé? Comment va-t-elle aujourd'hui? demande le père d'Ethan.

— Elle va bien. De mieux en mieux, en fait.
Elle était minuscule, mais c'est une battante.
Elle est toujours en observation à l'unité de soins
intensifs de néonatalogie. J'espère qu'on pourra
bientôt la ramener à la maison, dit Sylvie.

— J'ai trouvé une maison meublée à louer

pour nous dépanner. La plupart de nos meubles sont inutilisables, dit le père d'Ethan.

— Et Mme Greenbaum a tout perdu, ajoute Ethan.

— Non, je n'ai pas tout perdu.

Tout le monde se retourne. Un infirmier pousse le fauteuil de Mme Greenbaum dans la chambre.

— Nous sommes tous ici, ensemble, et c'est ça qui compte. Je vous suis tellement reconnaissante de votre amitié et de votre aide, dit Mme Greenbaum.

Le père d'Ethan étreint sa voisine.

— Dès que votre séjour en réadaptation sera terminé, vous pourrez venir rester chez nous. Notre nouvelle maison est grande. Nous pourrons vous aider à trouver un autre appartement quand vous irez mieux.

Mme Greenbaum refoule ses larmes.

— Merci.

— Vous faites partie de la famille, dit Ethan.

— Ça me touche... énormément. Quand j'irai mieux, j'espère pouvoir vous aider à prendre soin du bébé.

Sylvie sourit.

— Ce serait merveilleux.

— Quand vous irez mieux, pourriez-vous aussi nous faire une grosse fournée de biscuits au sucre? demande Ethan.

— Bien sûr! répond Mme Greenbaum en serrant la main d'Ethan. Je vous ferai les *meilleurs* biscuits au sucre que vous ayez jamais mangés!

Note de l'auteure

En décembre 2013, la majeure partie de l'Ontario, y compris Toronto, où j'habite, a été frappée par une terrible tempête de verglas. Cette malheureuse expérience pendant laquelle nous avons souffert du froid m'a permis de comprendre à quel point le verglas peut être dangereux. Ceci dit, la tempête que j'ai vécue n'était pas aussi majeure et destructrice que celle qui a déferlé sur Montréal. Les effets dévastateurs de cette tempête de verglas ont surpris même les résidents de Montréal, au Québec, pourtant habitués à de rudes hivers.

La tempête a commencé le 4 janvier 1998, et a fait rage durant trois jours. La pluie verglaçante et le grésil sont tombés sur la plus grande partie de l'est de l'Ontario, d'immenses régions du sud du Québec, du nord des États de New York et de la Nouvelle-Angleterre.

Le verglas a causé des pannes d'électricité à grande échelle, a endommagé des stations de traitement d'eau, brisé des arbres, forcé la fermeture d'écoles et d'entreprises, et empêché le fonctionnement des transports en commun dans la majeure partie de Montréal pendant plus d'une semaine. Les chutes de glace constituaient un problème de taille, causant des blessures aux gens et endommageant voitures et édifices. Les résidents ont dû faire bouillir l'eau avant de l'utiliser puisque les stations de purification étaient paralysées. Les ponts et tunnels de Montréal étaient également fermés, isolant encore davantage la ville.

La Rive-Sud de Montréal a été si durement touchée qu'on l'a surnommée « le triangle noir ». Plus de 500 000 personnes de cette région ont été privées d'électricité pendant des jours et ont dû quitter leur résidence. Certains secteurs n'ont recouvré l'électricité qu'au bout d'un mois.

Beaucoup de gens ont dû trouver refuge dans des centres d'hébergement bondés. D'autres, incluant bon nombre de personnes âgées, ont affronté seuls plusieurs jours de froid cinglant et d'obscurité.

Une chute marquée des températures et de fortes rafales sont venus aggraver la situation. Non seulement les édifices, les rues et les arbres étaient endommagés, mais un grand nombre de personnes ont été blessées ou même tuées. Certaines sont décédées par intoxication au monoxyde de carbone causée par l'utilisation de génératrices tandis que d'autres ont souffert d'hypothermie, un état caractérisé par la perte rapide de chaleur corporelle en raison du froid extrême.

Durant la tempête, les principaux hôpitaux de Montréal ont perdu leurs sources d'énergie principales et ont dû s'en remettre à des génératrices de secours pour fonctionner. L'accès aux hôpitaux était difficile en raison des rues bloquées par la glace, les arbres tombés et les autres débris. Plusieurs hôpitaux ont dû non seulement soigner les personnes blessées, mais aussi héberger les personnes qui n'avaient pas d'électricité et nulle part où aller. Dans certains cas, les membres du personnel hospitalier et leurs familles ont dû camper à l'hôpital durant des jours.

À l'extérieur de Montréal, des granges se sont effondrées, tuant des animaux de ferme. Un grand nombre d'érables ont été endommagés par le vent et la glace, ce qui a grandement affecté l'industrie du sirop d'érable. Des vergers ont perdu des arbres, des serres ont été abîmées, entraînant pour certains de lourdes pertes financières.

Les employés d'Hydro-Québec, les policiers, les bénévoles de la Croix-Rouge, les pompiers et les membres des Forces armées canadiennes ont contribué à remettre le réseau électrique sur pied et à secourir les victimes de la tempête. Certains techniciens d'Hydro-Québec ont fait des quarts de travail de seize heures pour tenter de rétablir le courant. Il y avait tant à réparer que des équipes de la Nouvelle-Angleterre ont été appelées en renfort.

La tempête de verglas de 1998 a été qualifiée d'historique en raison de l'impact qu'elle a eu sur les familles et les communautés. Bien que cette histoire soit de la fiction, elle représente certaines des épreuves que les gens ont subies durant la tempête.

Frieda Wishinsky

Les arbres tombés rendaient la circulation difficile et même dangereuse dans les rues de Montréal.

Quelques faits sur la tempête de verglas de 1998

- Les tempêtes de verglas surviennent quand de l'air chaud est coincé entre deux couches d'air froid. La neige qui se forme haut dans l'atmosphère se change en pluie en traversant la couche d'air chaud. Puis, lorsque les gouttes de pluie entrent dans la couche d'air frais plus bas, elles se refroidissent très rapidement et gèlent au contact des surfaces exposées.

- Des pannes d'électricité ont touché certaines régions dès le 5 janvier, quand une épaisse couche de glace s'est formée sur les arbres, poteaux et lignes électriques.

- Le 6 janvier, environ 650 000 résidents de l'Ontario et du Québec étaient privés d'électricité.

- Le 8 janvier, les Forces armées canadiennes se sont déployées pour venir en aide aux victimes de la tempête et leur fournir les services essentiels.

- Le 9 janvier, la crise s'est aggravée lorsque la majeure partie de Montréal a perdu son approvisionnement en eau en raison des pannes affectant les stations de pompage.

- Ce n'est que le 14 janvier, dix jours après le début de la tempête, que l'électricité a été rétablie dans une grande partie de Montréal.

- Le 22 janvier, plus de 400 000 Québécois étaient toujours privés d'électricité.

- Vingt jours après le début de la tempête, trois toits se sont affaissés à Montréal sous le poids de la glace et de la neige fraîchement tombée.

- Le 26 janvier, au moins 60 000 ménages québécois étaient toujours sans électricité.

- Le 6 février, l'électricité était rétablie partout au Québec.

- Le coût approximatif de la crise du verglas a été estimé à 5,4 milliards de dollars.

- Des milliers de personnes ont déserté leur résidence pendant des semaines à cause de la tempête de verglas. Celle-ci a fait des centaines de blessés, et une trentaine de personnes ont perdu la vie au Québec.

DANS LA MÊME COLLECTION :

ISBN 978-1-4431-5140-5

Quelques secondes ont suffi pour changer la vie d'Alex à tout jamais. Par une belle journée ensoleillée, il construit un fort de neige aux proportions épiques avec ses deux amis, Ben et Ollie. Mais une avalanche les engloutit. Blessé et hébété, Alex doit garder son sang-froid afin de se libérer et de sauver ses amis.

DANS LA MÊME COLLECTION :

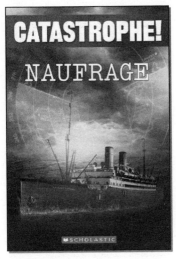

ISBN 978-1-4431-5141-2

Albert et Sarah sentent une secousse. L'*Empress of Ireland* tangue. Les gens crient. Les stewards ordonnent aux passagers de se rendre aux canots de sauvetage. L'eau entre dans le paquebot, les passagers se précipitent vers les ponts supérieurs. Le paquebot gîte dangereusement. Les canots de sauvetage s'écrasent. Albert et Sarah n'ont pas le choix; ils sautent dans l'eau glaciale du fleuve Saint-Laurent.

DANS LA MÊME COLLECTION :

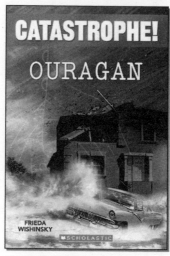

ISBN 978-1-4431-5366-9

L'ouragan Hazel a dévasté les Caraïbes et le sud des États-Unis, mais personne n'imaginait qu'il atteindrait Toronto. Personne ne s'y était préparé. Quand la rivière se met à déborder, la maison de Michael est sur le point d'être emportée. Il tente de s'échapper par la seule issue possible, le toit, mais il tombe dans l'eau glaciale. S'en sortira-t-il vivant?